FOLIO CADET

À Zona - D. K.-S.

À Caitlin et son assemblée de sorcières - BOB GRAHAM

Traduit de l'anglais
par Laurence Nectoux

Maquette : Chita Lévy

ISBN : 978-2-07-056432-3
Titre original : *Aristotle*
Édition originale publiée par Walker Books Ltd., Londres, 2003
© Foxbusters Ltd., 2003, pour le texte
© Bob Graham, 2003, pour les illustrations
© Éditions Gallimard Jeunesse, 2004, pour la traduction française
N° d'édition : 162814
Loi n° 49-956 du 16 juillet 1949
sur les publications destinées à la jeunesse
Premier dépôt légal : juin 2004
Dépôt légal : septembre 2008
Imprimé en France par Zanardi Group

Dick King-Smith

Les 9 vies
d'Aristote

illustré par Bob Graham

GALLIMARD JEUNESSE

Quand Aristote était un chaton, il ne savait pas que les chats avaient neuf vies. Sa mère, elle, était au courant, bien sûr. Mais elle avait décidé de ne pas le lui dire. Il était assez turbulent comme ça, bien plus casse-cou que ses frères et sœurs et, s'il apprenait qu'il avait neuf vies devant lui pour s'amuser, il n'hésiterait pas à faire beaucoup d'imprudences.

Aussi ne dit-elle rien à Aristote, à part bien sûr au revoir, quand il quitta la maison pour s'en aller vivre avec une vieille dame.

C'était vraiment une drôle de vieille dame, avec un nez crochu et un menton pointu, qui portait des vêtements noirs et un grand chapeau noir sur ses cheveux gris filasse.

Elle s'appelait Bella Donna et c'est elle qui baptisa son nouveau chaton du nom d'Aristote.

– En vérité, c'est un chat noir qu'il me faudrait, dit-elle, mais ça me changera un peu d'en avoir un blanc.

Le premier jour de son arrivée dans l'étrange et vieille petite maison de Bella Donna, Aristote décida de l'explorer de haut en bas. Ou plutôt de bas en haut car, quand il eut fait le tour des pièces du bas, puis de celles du haut, il se dit qu'il aimerait bien monter sur le toit.

Le toit était en chaume si bien que, en escaladant le lierre qui poussait sur les murs de la maison, Aristote n'eut plus qu'à

marcher sur la paille pour atteindre la cheminée. Puis, curieux comme tous les chats, il grimpa tant bien que mal sur la cheminée et se pencha au-dessus de l'ouverture, se demandant à quoi elle pouvait bien servir.

Juste à ce moment-là, une grosse volute de fumée monta le long du conduit et lui sauta à la figure, ce qui le fit tousser, éternuer, perdre l'équilibre… et il dégringola dans la cheminée.

Bella Donna venait d'allumer son feu de cuisine quand une énorme pluie de suie s'abattit sur le foyer et éteignit le feu. Juste après atterrit un chaton qui, à présent, n'était plus du tout blanc, mais noir comme un chapeau de sorcière.

– Ma foi, mon garçon, dit Bella Donna, tu viens de perdre la première de tes neuf vies. Une chance que la cheminée était sale ou tu aurais brûlé vif.

Tu ferais bien d'être un peu plus prudent, Aristote, si tu veux devenir un chat, un jour. Plus que huit vies.

Il y eut pas mal de ménage à faire après tout ça. À l'aide d'un grand balai qui se trouvait dans un coin de la cuisine, Bella Donna nettoya la suie qui s'était déposée un peu partout. Puis elle arrangea le feu et le ralluma. Elle mit ensuite de l'eau à chauffer et, quand elle commença à frémir, la versa dans une grande bassine en fer-blanc. Pour finir, Bella Donna attrapa Aristote et le trempa dans l'eau, elle le frotta, le savonna puis le rinça.

Aristote ne savait trop ce qu'il devait penser de tout ça. Comme

tous les chats, il n'aimait pas être sale et il était bien content de retrouver son pelage blanc. Mais il avait horreur de l'eau. Pourtant, quand après l'avoir bien frotté et séché, Bella Donna l'installa devant un plat de viande, il fut certain que sa nouvelle propriétaire ne lui voulait pas de mal.

Aristote n'avait jamais mangé de viande comme celle-là (c'était

en fait un mélange de cuisses de grenouilles, d'escargots et de cloportes grillés) mais il la trouva délicieuse. Il lécha son assiette, s'allongea devant le feu et s'endormit.

Quand il se réveilla de nouveau, il était seul. La vieille dame était partie, fermant la porte de la cuisine derrière elle et, remarqua Aristote, son balai avait également disparu.

Où elle était allée, il n'en savait rien mais, après le copieux repas qu'il venait de faire et la chaleur du feu aidant, Aristote se mit à avoir très soif. Il s'en fut explorer la cuisine à la recherche d'un liquide quelconque pour se désaltérer.

Il vit alors que, sur une table, se trouvait une grande et lourde cruche en terre cuite. Il bondit et jeta un œil à l'intérieur. Son flair lui signala qu'elle était remplie d'une sorte de lait, mais de quel animal, il ne le savait pas (c'était en fait un mélange de lait de vache, de lait de chèvre et de lait de brebis, avec une pointe de lait de pigeon par-dessus).

Il glissa une patte dans la cruche et remua le liquide, produisant ainsi, lui dirent ses oreilles, un appétissant clapotis. Il retira sa patte et la lécha, et sa langue lui apprit que c'était délicieux.

Aristote posa alors ses deux pattes sur le bord de la cruche, plongea avidement sa tête à l'intérieur et se mit à boire goulûment.

À mesure que le niveau de lait baissait, Aristote s'enfonçait de plus

en plus loin dans la lourde cruche,
tant et si bien qu'elle finit par bascu-
ler et se retourner sur lui.

Quand, juste après minuit, Bella Donna fut de retour, elle ouvrit la porte de la cuisine, rangea son balai dans son coin et entendit alors un miaulement très mélancolique.

À la lueur mourante du feu, elle vit que sa grande cruche en terre cuite était retournée au milieu de la table de la cuisine, qu'il y avait du lait tout autour et sur le sol et que le bruit venait de la cruche renversée.

Une bougie à la main, elle souleva la cruche et découvrit un pauvre chaton tout malheureux, plus blanc que blanc et parfaitement dégoulinant.

Une fois de plus, elle fit chauffer de l'eau pour laver Aristote. Une fois de plus, elle le sécha.

Une fois de plus, elle lui parla :

– Eh bien, mon garçon, dit Bella Donna, tu viens de perdre ta seconde vie. Heureusement que la cruche est tombée ou tu serais resté coincé dedans, la tête en bas, et tu te serais

noyé. Tâche d'être un peu plus prudent, Aristote, ou tu ne feras pas de vieux os. Tu n'as plus que sept vies maintenant.

Réchauffé et le poil de nouveau sec, le chaton blanc leva les yeux vers la vieille dame tout habillée de noir et se sentit étrangement rassuré par le son de sa voix.

Avant d'aller se coucher, Bella sortit Aristote dans le jardin.

– J'imagine que tu as eu ta ration de lait, lui dit-elle, tu as fait assez de dégâts dans la cuisine sans que tu aies besoin d'en rajouter.

« Quel chenapan il fait ! se dit-elle. Il n'est arrivé qu'hier et il a déjà perdu deux vies. Il ne deviendra jamais un bon chat de sorcière, à ce train-là. »

En fait, Aristote réussit à se tenir à l'écart des ennuis pendant un petit moment. Une semaine entière passa et le chaton blanc se montra tout à fait sage. Il mangea sa viande, but son lait, s'abstint de griffer les rideaux et les housses des fauteuils et ne fit aucun dégât dans la maison.

Mieux encore, à la fin de la semaine, Bella Donna lui avait appris à se servir d'une litière.

– Tu as plutôt mal commencé, Aristote, lui dit-elle, mais maintenant, tu t'améliores. Surtout, ne fais pas de bêtises.

Sur ces paroles, elle croisa ses longs doigts noueux.

Si Aristote avait été dans une maison ordinaire, les choses auraient peut-être été différentes mais la vieille maison de Bella était, par bien des aspects, un endroit plutôt dangereux pour un chaton aventureux.

Elle se trouvait au milieu d'un petit bois où poussaient beaucoup de grands arbres, et que traversait une rivière impétueuse, aux rives escarpées. Le bois était longé d'un côté par une route en lacets et, de l'autre, par un énorme remblai, où passait une ligne de chemin de fer. Il y avait

aussi une ferme, un peu plus loin, où vivait un gros chien.

C'est au sommet d'un grand arbre qu'Aristote vécut son aventure suivante. Il avait découvert qu'il aimait bien grimper et, depuis, il escaladait souvent le lierre sur le mur de la maisonnette et venait s'asseoir sur le faîte du petit toit de chaume (en restant bien à l'écart de la cheminée). Il aimait ce perchoir élevé mais la mai-

son était somme toute assez basse tandis que les arbres environnants étaient nettement plus hauts.

Aussi, un beau matin, Aristote choisit-il un grand arbre et bondit du tronc sur la branche la plus basse, puis sur celle d'au-dessus et ainsi de suite, de plus en plus haut. Il se sentait vraiment un chat intelligent.

Mais plus il montait, plus les branches étaient fines et souples, si

bien qu'il finit par se retrouver tout
en haut, cramponné à un fin rameau
qui dansait dans le vent et il se sentit
soudain comme un petit chaton vert
de peur et terrorisé. Le sol, il le
voyait bien, était affreusement loin
et le vent paraissait de plus en plus
fort et la branche de moins
en moins stable.

Il perdit son sang-froid et lâcha
prise, poussa un miaulement de
terreur et bascula dans le vide.

Par chance, Bella Donna regardait par la fenêtre ouverte de sa cuisine. Elle entendit les cris de son chaton et le vit dégringoler, pattes déployées et la queue tournoyant follement, se cognant aux branches à mesure qu'il descendait, de plus en plus bas, de plus en plus vite…

« Pourvu qu'il tombe dans la rivière », pensa-t-elle, en attrapant son balai et en se précipitant dehors.

La chance était du côté d'Aristote car il atterrit effectivement, avec un grand splash, dans un cours d'eau très froid et très rapide. Il but plusieurs fois la tasse en se débattant et en frappant l'eau de ses petites pattes, cherchant vainement à escalader la haute berge. Mais, alors que le courant l'emportait, il vit soudain devant lui une espèce de gros et long fagot de brindilles auquel il se cramponna de toutes ses forces.

Bella Donna leva son balai et sortit son chaton blanc de l'eau.

Aristote était si essoufflé qu'il ne put émettre qu'un faible miaulement. Il s'agrippa à Bella Donna aussi désespérément qu'à son balai, tandis qu'elle le tenait blotti contre elle pour le rassurer.

— Eh bien, mon garçon, lui dit-elle après l'avoir ramené à la maison et séché convenablement, tu as réussi à perdre deux vies d'un coup ! La chute aurait dû rompre ton petit cou et la rivière aurait dû remplir tes petits poumons d'eau. J'ai comme l'impression que je vais avoir besoin d'un peu de magie pour te garder sur la terre des vivants. Il faut vraiment que tu prennes garde à toi, Aristote. Il ne te reste plus que cinq vies, maintenant.

Il se passa pas mal de temps, cependant, sans qu'Aristote n'entre en contact avec de l'eau bouillante — ou froide —, ne tombe d'un arbre, dans une quelconque cheminée ou

dans une cruche de lait. De jour en jour, en effet, il grandissait et devenait adulte.

Quelqu'un de moins avisé que Bella Donna aurait pu penser que le pire était passé ; or, la sorcière était peut-être vieille, laide et maigrelette, mais elle était aussi d'une grande sagesse. Elle savait, en son for intérieur, que son chat blanc n'avait pas fini de perdre des vies, et elle le surveillait de près.

Aristote s'était habitué à ce que Bella reste à la maison dans la journée et sorte généralement le soir, le laissant endormi près du feu. Comme il était très observateur, il avait aussi remarqué qu'elle ne sortait jamais la nuit sans son balai mais, pour quelle raison, il ne le savait pas.

Le jour, Bella Donna était une femme très occupée si bien que, en dépit de tous ses efforts, elle n'arrivait pas toujours à le surveiller d'assez près.

Par exemple, elle passait souvent du temps à réchauffer quelque chose

– Aristote ne savait pas quoi – dans un grand chaudron noir suspendu au-dessus du feu, dans la cheminée. Et un jour qu'elle était occupée à cette tâche, Aristote s'esquiva pour une petite promenade.

En bon chat curieux, cela faisait un moment qu'il se demandait ce qu'étaient ces grands bruits qui résonnaient, de temps à autre, d'un seul côté du bois. Il y avait des cliquetis et des bruits de soufflet avec, parfois, un sifflement aigu et ils augmentaient ou diminuaient à mesure qu'il-ne-savait-quoi s'approchait ou s'éloignait.

Ce jour-là, avec le crépitement du feu et le bouillonnement du liquide dans le chaudron, Bella n'entendit pas les bruits métalliques et de soufflet. Mais quand le sifflet retentit, il était particulièrement fort et strident. Elle jeta alors un rapide coup d'œil autour d'elle à la recherche d'Aristote mais ne le vit pas dans la pièce.

S'il y avait eu un témoin, il aurait été surpris de la vitesse avec laquelle Bella agit soudain. Elle lâcha sa cuiller dans le chaudron qu'elle souleva et mit hors du feu, prit son

balai dans le coin et se précipita
dehors.

Il avait fallu cinq bonnes minutes à
Aristote pour se rendre de la chau-

mière à la ligne de chemin de fer, en haut du remblai, mais Bella s'y envola en un rien de temps – pour assister à un véritable cauchemar.

Un chat blanc se promenait sur la voie ferrée, reniflant avec curiosité les rails en acier de chaque côté de lui, ignorant qu'un vieux train à vapeur arrivait derrière lui, soufflant, cliquetant et sifflant comme un fou, à présent, à la vue de l'imprudent.

Comme beaucoup de chats blancs, Aristote était un peu sourd et, quand il perçut le bruit, la locomotive était presque sur lui. Il entendit alors la voix de Bella :

– Couche-toi, Aristote ! cria-t-elle d'une voix perçante. Plaque-toi

contre le sol et ne bouge pas d'une
moustache !

Aristote se tapit entre les rails et n'oublia jamais le bruit terrible de la locomotive quand elle passa, haletante et sifflante, au-dessus de lui, ni le vacarme des wagons qui cliquetaient, semblait-il, à quelques centimètres de lui. (Jamais il ne retourna sur la voie ferrée.)

Comme le bruit faiblissait, il ouvrit les yeux que, dans sa terreur, il avait fermés de toutes ses forces. Il vit

Bella Donna appuyée sur son balai, sur le bord de la voie ferrée, courut à elle et vint se frotter contre ses jambes.

– Eh bien, mon garçon, lui dit-elle, il s'en est fallu d'un poil, je me trompe ? Une chance que tu sois resté immobile comme je te l'ai dit. Il faut vraiment que tu fasses attention, Aristote. Plus que quatre vies, maintenant.

Et elle lui adressa un long regard appuyé de ses yeux ronds comme des petits boutons.

Au bout du bois, en descendant, se trouvait une ferme où Bella se rendait pour acheter du lait et des œufs. Derrière la ferme, il y avait une cour et au milieu de la cour une grande niche de chien en bois. Maintenant qu'Aristote était presque adulte, il suivait souvent Bella jusqu'à la ferme, remuant sa  queue blanche en trottinant.

La première fois qu'il s'y rendit, Bella Donna s'arrêta devant la barrière de la cour et pointa le doigt vers la niche.

– Ne t'approche pas, l'avertit-elle, ou tu t'en mordras les pattes. Attends-moi ici pendant que je vais voir la femme du fermier.

Lors des visites suivantes, Aristote resta sagement assis près de la barrière, fixant l'ouverture noire de la niche. Mais, un beau jour, il se dit qu'il aimerait bien jeter un coup d'œil à l'intérieur et il se mit à traverser la cour.

Comme il approchait, il sentit une drôle d'odeur qui venait de la niche, une odeur qu'il n'avait jamais rencontrée auparavant et qui ne lui plaisait pas beaucoup. Lorsqu'il fut vraiment tout près, il entendit un bruit. C'était quelqu'un qui ronflait.

Curieux comme tous les chats, Aristote passa la tête dans l'entrée de la niche et sonda l'obscurité intérieure. Là, couché sur le ventre et profondément endormi, sa grosse tête calée sur ses pattes, se trouvait un très grand animal… cause de l'odeur et des ronflements.

Il se trouvait qu'Aristote n'avait
jamais vu de chien de sa vie et ne
savait pas que, en général, ils n'ai-
maient pas beaucoup les chats. Mais
l'odeur de l'animal était si forte dans
ses narines à présent, ses ronflements si bruyants à ses oreilles qu'il
décida de le laisser en paix, d'autant
que chaque ronflement faisait se
relever les babines du molosse,
dévoilant une batterie de crocs
redoutables.

C'était plus prudent, car ce n'était pas seulement un grand chien mais un chien très féroce, que le fermier avait pris pour garder sa cour. Un lourd collier de cuir clouté entourait son cou massif, muni d'une longue chaîne très solide qui le reliait à un anneau dans la niche.

Aristote ne se doutait pas que cette chaîne allait bientôt l'empêcher de perdre ses quatre dernières vies d'un seul coup.

Lors des visites suivantes à la ferme, Aristote se contenta de rester sagement assis, les yeux fixés sur la niche d'où s'échappaient odeurs et ronflements. Un jour pourtant, tandis que Bella achetait ses œufs et son lait, il se dit qu'il devait revoir l'étrange animal encore une fois.

Comme la fois précédente, il sonda l'obscurité de la niche. Comme la fois précédente, il distingua la grande forme assoupie. Mais il se produisit alors un regrettable accident. Peut-être était-ce la poussière de la litière de paille du chien, peut-être était-ce à cause de l'odeur de l'animal mais, tout à coup, Aristote éternua.

Il ne se rappela jamais clairement ce qui se passa ensuite mais Bella Donna, sortant de la ferme avec sa cruche de lait et son panier d'œufs, lâcha le tout en voyant la scène qui se déroulait sous ses yeux.

Dans une salve de grognements à vous glacer le sang, le grand chien sortit en trombe de sa niche, à

quelques centimètres d'un chat blanc qu'il rattrapa et saisit de ses énormes mâchoires. Mais la course du chien l'avait emmené au bout de sa longue chaîne. Arrêté net en plein élan, sa tête se trouva violemment tirée en arrière, le forçant à ouvrir ses mâchoires et libérant un Aristote éberlué, confus, et tout ébouriffé.

De retour au logis, quand Bella Donna l'eut nettoyé et se fut assurée qu'il n'avait rien de cassé, elle le sermonna d'un ton sévère :

– Eh bien, mon garçon, dit-elle, je te l'avais dit, tu aurais dû m'écouter. Tu n'es pas passé loin. Prends garde à toi, Aristote. Plus que trois vies.

Elle le souleva à hauteur de son visage et le regarda dans les yeux. Aristote plongea son regard pâle dans ses prunelles noires et scintillantes, oublia sa frayeur et se pelotonna avec reconnaissance contre son amie.

Depuis ce jour, Aristote ne revint plus jamais à la ferme. Il faisait une partie du chemin avec Bella Donna quand elle allait acheter du lait et des œufs mais il s'arrêtait désormais à la lisière du bois, attendant qu'elle revienne.

Parfois, il entendait aboyer l'affreux monstre qui vivait dans la niche mais il n'avait absolument aucune envie de le revoir.

Puis, un jour, des mois et des mois plus tard, il l'aperçut de nouveau.

Bella traversait la cour pour aller à la ferme quand elle vit le fermier se diriger vers la niche et détacher la chaîne du collier du chien. Il trottina alors vers elle d'un pas lourd, sans aucun signe de menace mais les oreilles aplaties, remuant la queue avec une espèce de sourire idiot sur sa grosse face.

– C'est drôle, lui dit le fermier. Mon bon Gruffo est un vrai sauvage avec la plupart des gens – il mord tout ce qui passe – mais, vous, on dirait qu'il vous aime bien.

– J'imagine, dit Bella, que c'est parce qu'il sait que je n'ai pas peur de lui.

Et elle tendit sa main au chien qui la couvrit de gentils coups de langue baveux.

– Je vais le laisser gambader un peu ce matin, dit le fermier. Des gamins sont venus marauder des pommes dans mon verger. Mon vieux Gruffo va les faire détaler en vitesse.

Pendant un petit moment, le chien erra en reniflant entre les pommiers puis, profitant de cette liberté inhabi-

tuelle, il se dirigea vers le bois, espérant dénicher quelque lapin.

Mais ce n'était pas un lapin qui le vit s'approcher. C'était un chat blanc.

À la vue du chien, Aristote oublia qu'il devait attendre Bella et prit ses pattes à son cou. Fou de terreur, il ne retourna pas à la chaumière mais fila à travers bois, du plus vite qu'il pouvait, sans réfléchir où il allait.

Voyant le remblai du chemin de fer d'un côté et n'ayant aucune envie d'y retourner, il partit dans la direction opposée, se dirigeant tout droit, sans le savoir, vers la route qui longeait le bois.

Ce qu'il ne savait pas non plus, c'est qu'il était suivi.

Le blanc n'est pas la meilleure couleur pour un animal qui cherche à se fondre dans les tons verts et bruns de la forêt, et ce fut un éclair blanc qui attira soudain l'œil de

Gruffo quand il quitta le verger. S'élançant d'un pas pesant, il parvint à l'endroit où il avait aperçu le chat. Il n'était nulle part visible mais le chien renifla le sol et se lança sur ses traces.

Quelqu'un d'autre le suivait.

Bella Donna traversait la cour pour rentrer avec ses courses quand elle vit le chien à l'orée du bois, près de l'endroit où elle avait laissé son chat.

Vite, elle fourra le bidon de lait et le panier d'œufs sous un buisson et saisit son balai à la hâte.

Entre-temps, Aristote avait atteint
la route sinueuse qui longeait le
bois. Pensant qu'il
avait semé l'affreux
monstre et se sentant plus
rassuré, il s'arrêta pour reprendre
son souffle. Mais, comme il levait
les yeux sur la route, il vit un

autre monstre arriver droit sur lui,
sous la forme d'un énorme camion.

Il se retourna pour échapper au vilain et bruyant véhicule et se retrouva nez à nez avec Gruffo qui l'avait suivi sans bruit et se précipitait maintenant vers lui la gueule ouverte sur une mâchoire pleine de crocs.

– Je n'ai jamais vu un truc pareil, dit le chauffeur du camion à sa femme, un peu plus tard. D'abord ce chat blanc qui file tout droit sous mon camion, entre les roues, et qui ressort de l'autre côté et, juste après, je vois ce gros chien lancé à sa poursuite et qui essaye de le suivre. Alors je saute sur le frein et, tout à coup, sans mentir, je vois cette vieille femme qui débarque de nulle part, une espèce de balai à la main, et

vlan, elle en donne un grand coup au chien qui pousse un gémissement et retourne vers le bois en courant. Alors, je sors et là, plus aucune trace ni du chat, ni du chien, ni de la vieille dame. Disparus, pffuit, envolés !

– Elle avait un balai, tu dis ? demanda la femme du chauffeur.

– Exactement.

– Ben voyons ! Et bientôt tu vas me dire qu'elle était habillée tout en noir, avec un grand chapeau sur la tête !

– Exactement.

Quand il fut remis de sa double frayeur, d'avoir été poursuivi par un monstre et d'avoir manqué de se faire écraser par un autre, Aristote réussit à retrouver tant bien que mal le chemin de la chaumière pour découvrir Bella Donna devant son feu, en train de remuer son chaudron. Sur la table se trouvaient une cruche de lait et un panier d'œufs. Le balai était dans son coin, comme à l'accoutumée.

Il courut à elle et se mit à se frotter fébrilement contre ses collants noirs, ronronnant comme une machine à vapeur.

– Eh bien, mon garçon, dit Bella Donna, tu l'as échappé belle. Cela compte pour deux vies, je pense. Le chien ou le camion t'auraient tué, Aristote. Alors, écoute bien, sur neuf vies, tu en as usé huit maintenant. Ta neuvième vie va devoir te durer longtemps, très longtemps.

Elle prit son chat blanc dans ses bras et le caressa pensivement.

– Et je vais te dire une chose, Aristote, lui dit-elle, je ne serais pas du tout surprise que tu y arrives.

Quand Bella Donna se rendit de nouveau à la ferme, laissant Aristote sur le chemin, elle se dirigea tout droit vers la niche dans la cour.

Gruffo en sortit d'un bond mais s'arrêta avant que la chaîne ne le retienne, en voyant qui venait le voir. Bella le gratta derrière les

oreilles tandis qu'il remuait follement la queue.

– Je suis venue m'excuser, lui dit
Bella. Je n'aurais pas dû te frapper
avec mon balai. Mais, vois-tu, si je
ne l'avais pas fait, tu aurais couru
sous le camion. Et j'ai sans doute
heurté tes sentiments, en plus de ton
postérieur. Tu me pardonnes ?

En réponse, le grand chien
retroussa ses babines en un grand
sourire et lui lécha la main.

Les mois, les années passèrent et Aristote devint non seulement un beau chat, mais un chat raisonnable avec ça. Il ne s'attirait plus d'ennuis et, comme Bella l'avait prévu, il resta en bonne santé, se tint à l'écart du danger et vécut une neuvième vie longue et heureuse.

Les chiens, cependant, n'ont qu'une seule vie et là-bas, à la ferme, Gruffo était arrivé à un âge très avancé. Il ne sortait plus en trombe de sa niche à l'approche des étrangers. Il n'essayait plus de mordre qui que ce soit. Il se contentait de rester allongé dans la cour, au bout de sa chaîne, rêvant au temps révolu de sa jeunesse.

Par une douce nuit, alors qu'il se reposait ainsi, immobile, dans la lueur de la pleine lune, il fit un rêve des plus étranges.

Dans ce rêve, il entendit comme un froufrou dans le ciel, au-dessus de lui, et soulevant sa lourde tête, il leva les yeux pour voir une forme noire passer devant le disque de la lune. Elle semblait chevaucher quelque chose, cette silhouette sombre, et porter un grand chapeau sur la tête. Perchée sur son épaule se trouvait une forme blanche, un profil qui lui rappela vaguement un événement très lointain. Il poussa un dernier grand hurlement avant que sa tête ne retombe sur ses pattes, pour ne jamais plus se relever.

Curieusement, quand Bella descendit à la ferme la fois suivante, Aristote la suivit comme autrefois, agitant sa queue blanche. Il la suivit jusque dans la cour et s'arrêta juste devant la bouche noire de la niche. Toujours rivée à la porte, la longue chaîne traînait sur le sol avec, ouvert à son bout, le lourd collier à clous.

J'imagine que vous vous demandez si Aristote profite toujours bien de sa neuvième vie ? Ma foi, oui, je peux vous l'assurer car il n'est plus seulement un chat adulte mais désormais un véritable chat de sorcière, qui aide la bonne Bella Donna dans son travail. Parmi les étranges mixtures que Bella fait mijoter chaque jour dans son chaudron, certaines lui servent à les nourrir, elle et son chat. Mais beaucoup sont des potions magiques contre les maladies comme les maux de tête, de dents ou d'estomac.

La nuit venue, Bella enfourche son balai et s'envole – Aristote le sait puisqu'il l'accompagne – porter ses remèdes dans les maisons des enfants malades, où elle leur donne une cuillerée de ceci ou de cela pendant leur sommeil. Puis, elle fait toujours bien attention d'être rentrée avec son chat avant minuit.

Aristote n'est plus tout jeune maintenant, bien sûr, et Bella Donna est une très, très vieille dame. Ses cheveux sont aussi blancs que la fourrure de son chat.

Mais ils vivent heureux dans la vieille maisonnette au toit de chaume.

Bella Donna et Aristote ont encore beaucoup de temps et de joies à partager en compagnie l'un de l'autre.

FIN

Dick King-Smith est né en 1922 en Angleterre,
à Bitton. En 1947, après avoir servi durant la Seconde
Guerre mondiale en Italie d'où il revient blessé,
il prend en charge la ferme familiale. Il s'occupe alors
des animaux, qui le passionnent depuis son enfance.
À partir de 1967, il exerce toutes sortes de métiers,
puis retourne à l'université. À cinquante-trois ans,
il obtient des diplômes en anglais et en philosophie
et devient instituteur dans une école primaire
d'un petit village des environs de Bath. Encouragé
par ses élèves, il se tourne vers l'écriture. L'attaque
d'un renard contre ses propres coquelets lui inspire
une histoire pour la jeunesse, *Les Longs Museaux*
(1978). C'est le début d'une carrière d'écrivain
qui compte à ce jour plus d'une centaine de romans
où les animaux ont une place primordiale.
En 1983, son sixième livre, *Babe, le cochon devenu
berger*, remporte le Guardian Children's Book Prize.
Le succès est immédiat et le livre sera adapté au
cinéma en 1996. Dick King-Smith vit aujourd'hui
à Queen Charlton, non loin de son lieu de naissance,
avec sa femme, Harmony.

Bob Graham est né en 1942 à Sydney, en Australie.
Il suit des études d'art et travaille ensuite en tant
que designer puis illustrateur au sein d'une maison
d'édition avant de publier son premier livre pour
enfants en 1981. Ses albums ont remporté un vif
succès et ont été distingués par de nombreux prix.
Après avoir vécu en Angleterre pendant plusieurs
années, il est retourné en Australie et habite
aujourd'hui à Melbourne, avec sa femme.